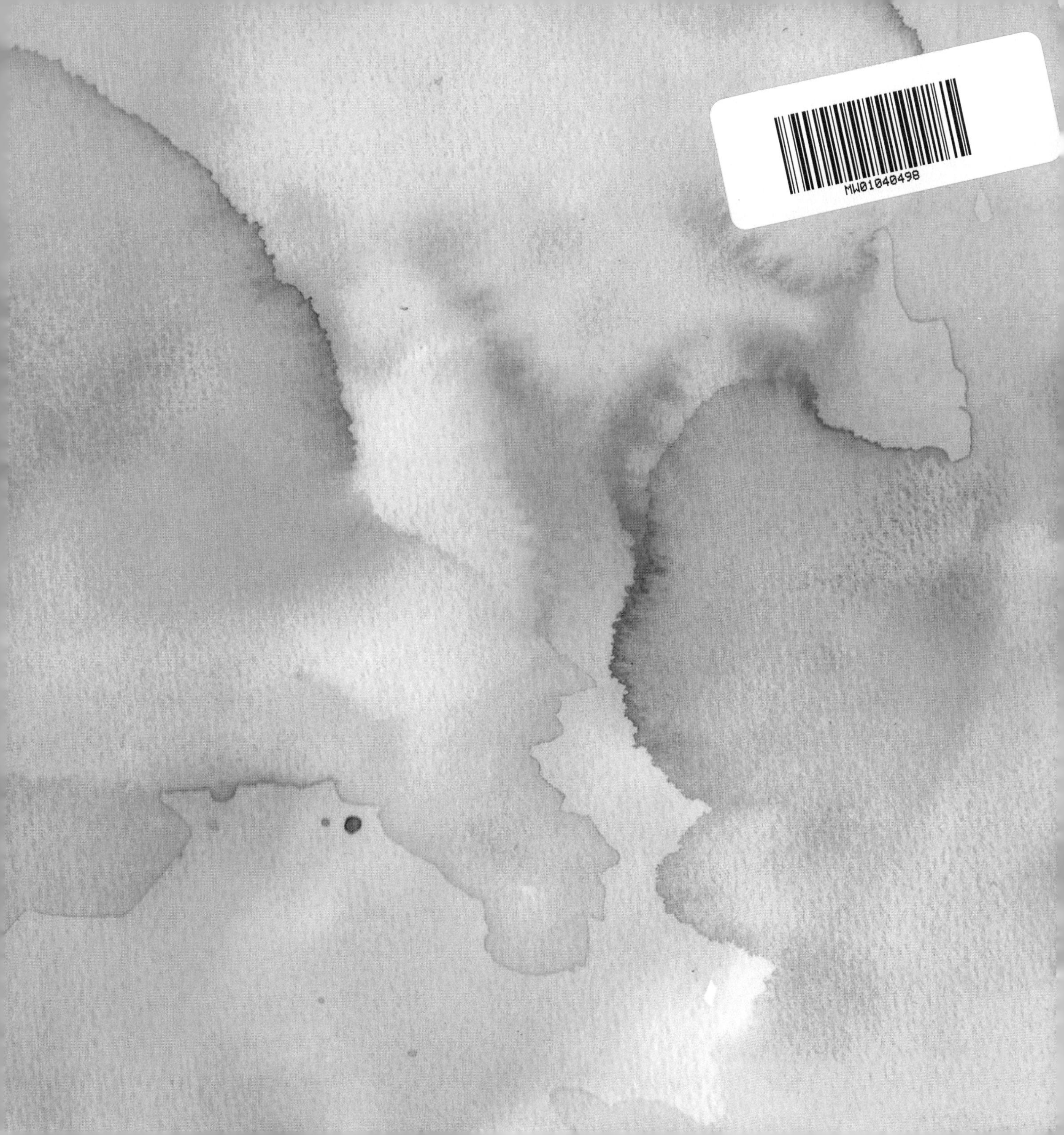

I LIKE ME AND I LOVE ME

Written by Abby Zaitley
Illustrated by Begüm Manav

I LIKE ME AND I LOVE ME

Printed in Canada

First Printing, 2019

ISBN: 978-1-9992673-0-8

This book was inspired by my Nibling Arrow.
Their self love and acceptance is an inspiration to us all.
Never stop being unconditionally you.

I like me when I feel perky.

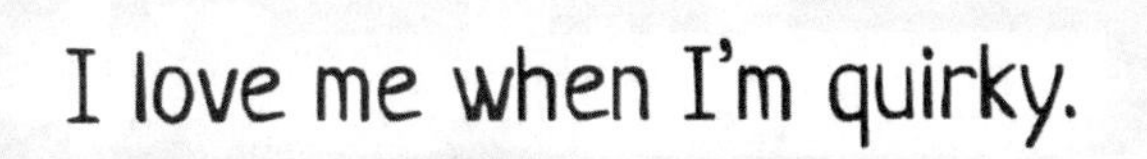

I love me when I'm quirky.

I like me when I make a mess!

I love me when I find success.

I like me when I'm fully me.

I love me when I feel free.

I like me when I trip and fall.

I love me when I stand real tall.

I like me when I trust in me.

I love me when we are a we.

I like me when I play pretend.

I love me when I make friends.

I like me when I'm proud.

I love me when I'm oh so loud.

I like me when I'm on the go.

ARROW'S
ARABESQUE
I love me when I move real slow.

I like me when I take a chance.

I love me when I do a dance.

I like me when I'm held real tight.

I love me when I shine so bright.

I like me when I do not know.

I love me when I learn and grow.

I like me for all that I do.

I love me for all I've been through.

I like me when I breathe real deep.

I love me when It's time to sleep.

I like me when I'm me.

I love me, unconditionally.

Manufactured by Amazon.ca
Bolton, ON